Título original: *24 histoires pour attendre Noël*
Publicado por primera vez en francés.

1.ª edición: octubre 2024

Valentín Beato, 21. 28037 Madrid
www.anayainfantilyjuvenil.com

ISBN: 978-84-143-4069-1
Depósito legal: M-14639-2024
Impreso en España - Printed in Spain

PAPEL DE FIBRA
CERTIFICADA

Anne Kalicky & Amélie Videlo

24 HISTORIAS para esperar la Navidad

ANAYA

ÍNDICE

1 DE DICIEMBRE

El calendario de Adviento sorpresa

Melisa y sus padres se han pasado por todas las tiendas (el quiosco de prensa, la tienda de la esquina, el supermercado...), pero no queda ni un solo calendario de Adviento.

—Una Navidad sin calendario de Adviento no es una Navidad de verdad —suspira Melisa, desilusionada, cuando llega a casa.

—Se me ha ocurrido una idea —dice de repente su madre—. ¿Y si lo hacemos nosotros?

Melisa la mira con los ojos brillantes y bien abiertos.

—¿Tú crees que es posible?

—Sí, ven.

La madre lleva al padre y a Melisa hasta un pequeño aparador lleno de material y les entrega trocitos de telas de colores, hilo, agujas, cintas...

Luego, se sientan a la mesa del comedor, y la madre se pone a coser veinticuatro bolsillos de tela.

Melisa los numera con un precioso rotulador dorado —uno, dos, tres... hasta veinticuatro—, y su padre coloca una cuerda en la pared y los cuelga con pinzas de tender la ropa. Cuando han terminado, el resultado es estupendo. Sin embargo, Melisa se da cuenta de que falta algo.

KOL

—¡Ahí va! ¡Pero si no hay nada dentro! Un calendario de Adviento sin sorpresas no es un calendario de Adviento de verdad —suspira la niña, desilusionada.

Sus padres reflexionan.

—Se me ha ocurrido una idea —dice su padre—. Vete a acostar; puede que mañana el calendario de Adviento esté lleno. Nunca se sabe.

Melisa obedece, aunque poco convencida.

Sin embargo, al día siguiente se da cuenta de que todos los bolsillos del calendario están llenos.

—¿No vas a abrir el primer bolsillo? —preguntan sus padres con gesto travieso.

Melisa se acerca, hurga en el bolsillo del 1 de diciembre y saca la mano con un bombón y dos caramelos.

—¡Hala! —exclama con alegría—. Los caramelos son para vosotros, y el bombón, para mí. Este calendario de Adviento es mejor que los que venden en las tiendas. Gracias, mamá. Gracias, papá. ¿Puedo abrir el bolsillo del 24?

—¡Ah, no, pillina! Vas a tener que esperar.

2 DE DICIEMBRE

Un remedio para los renos

Esa mañana, Papá Noel estaba de muy mal humor. Sí, a Papá Noel también le pasa a veces.

Se le había enredado la barba durante la noche, se le había colado una zapatilla debajo de la cama, se le había acabado su mermelada favorita, se le había quemado el pan en la tostadora y, por culpa de la nieve, se le habían congelado las tuberías, así que había tenido que darse una ducha fría.

—¡Brrrrr! ¡Fffff! ¡Aaaah! Hoy no es mi día. ¡Fffff! —no dejaba de refunfuñar.

Pero aún faltaba lo peor: cuando entró en el establo, imagínate su sorpresa cuando vio que Brioso, Rudolf, Cometa y todos los demás renos seguían dormidos y con la nariz roja apagada.

—¡Madre mía! —exclamó Papá Noel, acercándose a Brioso y tocándole la frente—. ¡Pero si estás ardiendo!

Papá Noel examinó a todos los renos y no tuvo ninguna duda: habían pillado un catarro de los fuertes.

¡Qué desastre! Si no les brillaba la nariz, los renos no podrían guiar a Papá Noel a través de la nieve y la niebla, por lo que no podría viajar ni repartir los regalos.

—¡Se va a echar a perder la Navidad! —dijo con tristeza Papá Noel.

«Tap, tap, tap», sonaron de repente los pasos de Mamá Noel en el establo.

—¿Qué te pasa, Papá Noel? —le preguntó cuando apareció con los brazos cargados de enormes cestas llenas de provisiones.

Papá Noel le explicó la situación.

—¿Cómo? ¿Solo es eso? —le respondió Mamá Noel—. No te preocupes, Papá Noel. Como te has pasado la noche roncando, me he levantado muy temprano. Cuando fui a darles los buenos días a los renos, vi que estaban enfermos, así que he consultado el libro de hechizos navideños y he encontrado el remedio que necesitan. Ven, acompáñame.

Papá Noel siguió a su mujer hasta el laboratorio. Entonces, Mamá Noel se puso a trabajar delante de una olla enorme y varios alambiques. En la cabaña de la familia Noel no tardó en reinar un riquísimo olor a bizcocho y zumo de zanahoria.

—¡Renos, ya está listo! ¡A desayunar! —dijo Mamá Noel mientras llevaba la olla al establo, seguida por Papá Noel, que trotaba tras ella.

Los renos, atraídos por el aroma del caldero, se acercaron y se pusieron a beber despacio. ¡Ñam! Disfrutaron del desayuno y, unos pocos minutos después, les empezó a brillar la nariz incluso con más luz que antes. ¡Hurra! ¡Los renos estaban curados!

Papá Noel no tenía un minuto más que perder. Se puso el abrigo rojo, empujó el precioso trineo de madera y ató a los renos, que brincaban de alegría ante la idea de salir a surcar los cielos. Luego, antes de marcharse, Papá Noel se acercó a Mamá Noel y le dio un beso que la puso colorada.

—Gracias, Mamá Noel. Has salvado la Navidad.

3 DE DICIEMBRE

El árbol de Navidad más bonito

Una tarde, llegan los padres a casa con un árbol de Navidad enorme, que colocan en el salón. Julia y Manuel dan saltos de alegría y gritan:

—¡Qué árbol tan bonito! ¡Vamos a ponerle los adornos!

—Quedaos tranquilos en el sofá, que vamos al desván a buscar los adornos —dice la madre.

Los padres suben al desván, pero nada sale como habían planeado. No funciona el interruptor, así que se ven obligados a buscar las cajas de los adornos con una linterna.

—¿Dónde las guardamos el año pasado?

—¿En esa esquina? —presupone la madre.

—No, no las veo. Espera...

Por fin, en lo alto de un montón de cajas, aparecen dos con árboles de Navidad pintados.

—¡Ahí están! —dice la madre, señalando las cajas con el dedo.

Sin embargo, al ir a bajarlas... ¡Catapum! Se caen las cajas y todo su contenido acaba por los suelos. ¡Ahí va! Se han roto las bolas y los adornos. Los padres de Julia y Manuel tiran a la basura los trocitos antes de volver al salón.

—Niños... No sé cómo deciros... Tenemos malas noticias.

Entonces les explican lo que acaba de pasar. Julia y Manuel se ponen muy tristes. ¡Con las ganas que tenían de ponerle los adornos al árbol!

—Se me ha ocurrido una idea —dice de repente Julia—. ¿Y si hacemos nuestros propios adornos?

—¡Sííííí! —responde su hermano, que ha recuperado la sonrisa.

—¡Qué idea tan buena! —exclaman sus padres.

Los niños reúnen papeles de colores, bonitos rotuladores, cintas, pegamento, pintura, tijeras y todo el material necesario.

Los cuatro se sientan a la mesa del salón y se ponen a dibujar, cortar y decorar bolas, botitas, bastones de caramelo, renos, estrellas y ángeles mientras beben un riquísimo chocolate. Al acabar, los cuelgan en el árbol. Esa misma tarde, el árbol de Navidad está ya terminado.

Julia, Manuel y sus padres contemplan el árbol hecho por ellos mismos.

—Es el árbol de Navidad más bonito del mundo.

4 DE DICIEMBRE

El león que quería ver la nieve

En la sabana africana, tumbado bajo un baobab que lo protege del sol, hay un león triste.

—Aquí hace mucho calor y siempre brilla el sol. Con el tiempo acaba cansando. Ojalá pudiera ver algún día la nieve.

De repente, aparece una luz en el cielo. Al principio, el león cree que es un espejismo, pero, cuanto más parpadea, más se acerca la luz. Luego, ve un relámpago, seguido de un estruendo.

El león ruge y se atreve a levantarse muy despacio para ver lo que está pasando.

En cuanto cruza una duna, asiste a un espectáculo de lo más curioso: una especie de carro gigante de madera con patines se ha quedado atascado en la arena. Justo al lado, brincan ocho animales con unos cuernos muy raros en la cabeza, y un hombre corpulento y vestido de rojo pisotea un gorro con pompón mientras protesta:

—¡Por todos los duendecillos hechizados! ¡Lo que me faltaba!

—¿Puedo saber qué lo trae por aquí? —pregunta el león.

—Ah, hola. ¡Pero si es usted el rey de la sabana! ¡Un placer! Me presento: soy Papá Noel y estos son mis renos. No sé si nos conoce.

Por increíble que parezca, el león nunca ha oído hablar de Papá Noel ni de sus renos, pero acepta darle la mano... o, más bien, la pata.

—Menos mal que está usted por aquí —continúa Papá Noel, a quien no le da miedo el animal—. Estaba volviendo de repartir los regalos cuando a mis renos se les han enganchado las astas entre sí. El trineo ha perdido la trayectoria y hemos caído aquí. Por suerte, no se ha roto nada, pero hemos tenido que aterrizar de emergencia y nos hemos quedado atascados. Se le ve a usted fuerte; ¿podría ayudarme a sacar el trineo?

—Sí, claro: no tengo otra cosa que hacer —responde el animal.

Así, con unos pocos zarpazos, el león consigue sacar el trineo de la arena. Solo queda que Papá Noel tranquilice a los renos y vuelva a colocar bien los sacos para que pueda marcharse.

—Majestad, lo ha hecho usted de maravilla. ¿Cómo puedo agradecérselo?

—Bah, no ha sido nada. No hay de qué —responde el animal.

—De verdad, insisto —dice Papá Noel—. Seguro que hay algún regalo de Navidad que le haga ilusión.

El león duda y murmura, con brillo en los ojos:

—Me gustaría ver la nieve.

—¿La nieve? No hay nada más sencillo; donde yo vivo hay mucha —responde Papá Noel con alegría—. Súbase a mi trineo, que lo llevo.

El león se monta en el trineo y —¡ho, ho, ho!— surca los cielos en dirección al Polo Norte.

Qué ilusión le hizo al rey de la sabana ver esos paisajes de campo, bosque y montaña cubiertos de nieve.

—Gracias, Papá Noel, por un viaje tan bonito.

5 DE DICIEMBRE

Qué tarjetas tan bonitas

Esta mañana, el cartero les ha traído a los padres de Julieta una carta muy especial: un bonito sobre dorado que llevaba dentro una tarjeta preciosa con una bola brillante dibujada.

—¿Qué es eso? —pregunta Julieta, maravillada.

—Es una tarjeta de Navidad que nos ha enviado la abuela —explica su madre.

—¿Qué es una tarjeta de Navidad?

—En Navidad y en Año Nuevo, la gente envía tarjetas a sus seres queridos para desearles que tengan buena salud, que sean felices o que hagan realidad sus sueños —responde su padre.

Julieta mira la tarjeta y se pone a pensar.

—Yo también quiero enviar tarjetas de Navidad a mis amigos.

La niña corre a su cuarto y vuelve con hojas de colores, pinturas, pegamento y sobres. Se pone una camiseta vieja de su padre para no mancharse la ropa y se sienta a la mesa del salón. Recorta y dobla las hojas, en las que luego dibuja árboles de Navidad, bastones de caramelo, Papás Noel y bolas de adorno. Sin embargo, justo cuando está a punto de terminar, pasa algo terrible.

Tira sin querer un bote de pintura, que mancha las tarjetas. Julieta se echa a llorar.

—¡Con lo bonitas que eran las tarjetas! Se han estropeado. ¿Qué van a pensar mis amigos?

—No te preocupes, Julieta —la consuela su madre—. No pasa nada si este año no puedes darles tarjetas. Te van a querer igual.

—Pero tenía muchas ganas de que les gustasen mis tarjetas.

Su madre se queda un rato pensando y luego dice:

—Oye, se me ha ocurrido una idea. A lo mejor podemos arreglarlo.

Su madre le da un tarrito de purpurina y le enseña a convertir las manchas de pintura en bolas de Navidad brillantes, estrellas, corazones... El resultado es estupendo.

—Gracias, mamá. Mis tarjetas son tan bonitas como la de la abuela —dice Julieta, feliz.

Entonces, mete las tarjetas en sobres, los cierra y escribe el nombre de los amigos a los que se las va a regalar. Al día siguiente, las reparte durante el recreo.

—Gracias, Julieta —le dice Alba—. Es una tarjeta de Navidad preciosa y me gusta muchísimo. Espero, de todo corazón, que seamos amigas para siempre.

6 DE DICIEMBRE

Nochebuena en el bosque

En pleno mes de diciembre, ya se han caído las hojas, el sol ha desaparecido en el horizonte y la nieve ha extendido su manto blanco sobre el bosque.

Todos los animales se esconden en los huecos de los árboles, bajo las rocas, en cuevas o en madrigueras para protegerse del frío. Todos salvo Toñi, la ardilla, que se acaba de despertar y se decide a salir. Sin embargo, nada más sacar el hocico, se echa atrás.

—¡Brrrr! ¡Qué frío! Será mejor que me abrigue y me ponga una bufanda.

Una vez lista, sale a recoger ramitas para encender una buena hoguera, porque se le ha ocurrido una idea: tostar nubes.

En primavera y en verano, Toñi almacenó suficientes frutas, piñas y frutos secos, pero hoy le apetece algo distinto porque es una noche muy especial: es Nochebuena.

—A mí también me gustaría pasar la Navidad con mis amigos, disfrutar de una buena cena, escuchar villancicos y abrir los regalos junto a un árbol lleno de adornos. Pero, en vez de eso, estoy sola —le dice en voz alta a la nube que ha clavado en el extremo de una rama.

No tarda en extenderse por todo el bosque un riquísimo olor a azúcar tostado. A lo lejos, el conejo Tejo y el lobo Bobo olisquean el aire.

—¡Snif, snif! Qué bien huele —dicen.

Hasta el oso Nono, el erizo Pico y la marmota Dormilona se despiertan de golpe. Atraídos por el olor de la nube tostada, se dirigen todos al interior del bosque. No tarda en unírseles el búho Cucú.

—¡Pero bueno, Toñi! ¿Es que ibas a celebrar la Navidad sin nosotros? —le pregunta Nono a la ardilla.

Toñi no se puede creer lo que ven sus ojos y no deja de mover de un lado a otro la cola peluda.

—¡Amigos! ¡Habéis venido! —exclama.

—Y no hemos venido con las manos vacías —añade Dormilona, que ha traído un ramito de acebo.

Luego, le enseña las cestas con las que han venido cargados. Todos han traído parte de la comida que tenían almacenada para el invierno y van a darse un festín del que se acordarán toda la vida.

7 DE DICIEMBRE

Pero ¿dónde está Papá Noel?

En el Polo Norte, la nieve no dejaba de caer en grandes copos y todo estaba blanco: los prados, los bosques de abetos, las montañas, los tejados de las casas...

Todo estaba en calma y en silencio. Bueno, casi.

Porque en la cabaña de Papá Noel reinaba el alboroto. En el taller de juguetes, algunos elfos se ocupaban de envolver los últimos regalos, mientras que otros llenaban los sacos. Los mejores mecánicos terminaban de poner a punto el trineo y pulir los patines. Brioso, Cometa, Bromista y los demás renos amigos se cepillaban el pelo mientras canturreaban antes de ponerse un poco de gomina en la cornamenta. Mamá Noel daba las últimas recomendaciones a los elfos que preparaban las cestas de pícnic, llenas de sándwiches de zanahoria para los renos y de un montón de turrón para Papá Noel.

Cuando cayó la noche, todo estaba listo para el gran viaje del 24 de diciembre.

—¡Justo a tiempo! —exclamó Gustavo, el jefe de los elfos—. Papá Noel, en marcha. ¿Papá Noel?

Pero nadie le respondió desde el taller.

Gustavo preguntó a los demás si habían visto a Papá Noel.

—No, llevo un rato sin verlo —fue la respuesta unánime.

Al jefe de los elfos empezó a latirle el corazoncito a gran velocidad. Preguntó a los renos, que tampoco habían visto a Papá Noel desde la hora de comer, así que entró en la gran cabaña y le preguntó a Mamá Noel:

—¿Sabes dónde se ha metido Papá Noel? Tiene que irse ya.

Mamá Noel lo miró sorprendida.

—Pues no. Pensaba que estaba con vosotros.

Entonces reinó un alboroto aún mayor en el taller y en la cabaña de Papá Noel, porque todos se pusieron a buscarlo y a llamarlo.

—¡Papá Noel! ¿Dónde estás?

De repente, Gustavo entró en el establo de los renos y oyó una especie de gruñido.

—¡Ggggggg! ¡Gggggg!

Al principio le dio miedo, ya que pensaba que podría tratarse de un animal feroz escondido entre las sombras dispuesto a atacarlo, pero, cuando se acercó a un montón de paja, vio a Papá Noel dormido en pijama, roncando muy fuerte. Gustavo sonrió y lo despertó meneándolo con delicadeza.

—Papá Noel, ya es la hora.

—Ah, sí, sí. ¡Ho, ho, ho! —respondió Papá Noel abriendo primero un ojo y luego el otro—. Es verdad. Brioso, Cometa, Bromista, ¡en marcha! ¿Qué estáis haciendo? ¡Que vamos a llegar tarde!

¡Menos mal! Papá Noel solo se estaba echando una siestecita antes de salir a repartir los regalos.

8 DE DICIEMBRE

El patinete rojo

—¡Hala, qué bonito! Se lo voy a pedir a los Reyes Magos.

Carla, delante del escaparate de una juguetería, acaba de ver un precioso patinete rojo y brillante, con el timbre en forma de estrella.

—Sí, es verdad, es muy bonito, pero es un regalo muy caro —responde su madre.

—Mejor pide un regalo más barato —añade su padre.

Mientras se marchan, Carla echa un último vistazo al escaparate. Está triste, porque ese patinete es lo que más desea en el mundo. Se imagina montada en él mientras pasea con sus padres, echando carreras con su amiga María y tocándole el timbre a Mateo, su vecino.

Sin embargo, sus padres tienen razón: es un regalo muy caro.

De vuelta a casa, Carla corre a su habitación y se pone a escribir:

Queridos Reyes Magos:

Espero que estéis bien y que no se os esté haciendo muy largo el viaje. Os escribo porque este año me gustaría pedir:

- *el libro de las aventuras de Barbablanca*
- *un pijama nuevo*
- *unas zapatillas de estar por casa*
- *una bufanda (la del año pasado la perdí en el recreo)*

Feliz Navidad

Al día siguiente, va a correos con su padre y echa la carta en el buzón. Pasan las semanas, hasta que por fin llega la mañana del seis de enero. Carla se levanta muy temprano y entra de puntillas en el salón.

Se acerca en silencio y, de repente, ve junto al árbol un precioso patinete rojo y brillante, con el timbre en forma de estrella.

—¡El patinete! ¡El patinete! —grita la niña, rebosante de felicidad—. ¡Muchas gracias! Es la mejor Navidad de la historia.

9 DE DICIEMBRE

Las galletas de jengibre

Érase una vez una anciana, viuda desde hacía mucho tiempo, que vivía ella sola en una casita de madera y a la que le encantaba cocinar.

Una mañana, la ancianita decidió preparar masa de galletas para hacer un hombre y una mujer de jengibre.

En un cuenco mezcló mantequilla, azúcar, harina, un huevo, un poco de miel, canela, jengibre y otras especias. Dejó reposar la masa y formó dos personajes. Con un poco de chocolate y frutas, les puso ojos, boca y botones. Tampoco se olvidó de hacerle las pestañas a la mujer de jengibre, con hilitos de regaliz.

Luego los metió en el horno, miró la hora y fue a sentarse en el salón para acabar de bordar un bonito mantel navideño, que quería poner en la mesa el 24 de diciembre para recibir a sus hijos y sus nietos.

En el horno, las galletas empezaron a crecer gracias a la levadura, y los dos personajes de jengibre no tardaron en cobrar vida.

—Eres guapísima —dijo el hombre de jengibre, fascinado, volviéndose hacia su vecina—. Me presento: me llamo Goloso. ¿Y tú?

—Gracias, querido Goloso —respondió la mujer de jengibre, pestañeando—. Yo me llamo Delicia.

Las dos galletas de jengibre se pasaron hablando todo el tiempo en el horno y se enamoraron.

Cuando la ancianita se levantó para sacarlos del horno, Goloso le preguntó a Delicia:

—Delicia, ¿quieres casarte conmigo?

—Sí, quiero —respondió la mujer de jengibre.

Así, cuando la anciana los sacó del horno, se sorprendió al verlos abrazados: Delicia apoyaba la cabeza sobre el pecho de Goloso. Aquella imagen la conmovió tanto que decidió que nunca separaría a las dos galletas.

CHOCO

10 DE DICIEMBRE

Un regalo para Papá Noel

Como todos los años, en Nochebuena, los animales del Polo asisten al inicio del viaje de Papá Noel en su trineo tirado por renos.

El pingüino, la foca, el león marino, el leopardo de las nieves, el oso polar, el armiño y el *husky* no se lo perderían por nada del mundo. Normalmente, al llegar, se sientan en lo alto de la colina nevada con vistas a la casa roja, y Papá Noel los saluda. Luego, lo ven marcharse volando para ir a repartir los regalos.

Pero este año, cuando Papá Noel sale de casa, el pingüino ve que lleva el gorro torcido, el oso polar se fija en que se ha puesto el abrigo del revés y el león marino cree que se ha recortado la barba de una forma muy rara. Pero lo más extraño de todo es que Papá Noel parece ensimismado y se olvida de saludarlos.

—A Papá Noel no se le ve en buenas condiciones —dice el pingüino.

—Parece muy cansado —añade el armiño.

Cuando el trineo despega y desaparece en el cielo y los animales se disponen a marcharse, el oso exclama:

—¡Quietos! Se me ha ocurrido una idea. ¿Y si le hacemos un regalo a Papá Noel?

—¡Qué buena idea! —dice el leopardo—. Al fin y al cabo, a él nunca le regalan nada.

—¿Qué os parece si le hacemos un pijama para que pueda descansar? —propone el pingüino.

Están todos de acuerdo. Quedan en la guarida del oso polar y se ponen manos a la obra. Con una bonita tela roja y blanca, aguja e hilo, cosen un pijama precioso. El pingüino y el leopardo se ocupan de la camisa; el león marino y la foca, del pantalón; el *husky,* de los botones; el armiño, del gorro, y el oso, del pompón. Todos saben qué les toca hacer.

Una vez que han envuelto bien el regalo, los animales regresan a esperar a Papá Noel. Una luz ilumina el cielo, y el trineo aterriza frente a la entrada de la casa roja. Papá Noel se baja del vehículo a duras penas, mientras masculla:

—Qué cansancio... Dormir... Pffffff...

—¿Papá Noel? Te hemos traído una sorpresa.

—¿Eh? ¿Qué? ¿Quiénes sois? —pregunta Papá Noel, sorprendido de ver a los animales de nieve en fila frente a él.

El oso le ofrece un enorme paquete verde con una cinta dorada.

—Para ti.

Cuando Papá Noel desenvuelve el regalo y descubre el bonito pijama, se le llenan los ojos de lágrimas.

—Muchas gracias. Muy amables, amigos míos —dice emocionado.

—Y ahora ve a descansar, que te lo mereces —dice la foca.

—Buenas noches, Papá Noel.

11 DE DICIEMBRE

Hermanos de los pinos

Es el mes de diciembre, pasada la medianoche.

Papá Noel lleva varias horas lejos del Polo Norte, repartiendo los regalos de Navidad. Ya ha recorrido medio mundo para colarse por las chimeneas y dejar los regalos a los pies de los árboles.

Sin embargo, mientras sobrevuela un bosque de coníferas, con el trineo aún lleno de regalos, los renos toman una curva muy cerrada y un oso de peluche se cae de uno de los enormes sacos del trineo sin que Papá Noel ni los renos se den cuenta.

Mientras se precipita, los ve alejarse y desaparecer en el cielo, antes de caer sobre la nieve.

En lo alto, bailan las estrellas, y la luna le guiña un ojo, pero...

«Me he quedado solo y abandonado», piensa, tiritando.

El frío se apodera del osito, que cierra los ojos, cuando, de repente, oye una voz:

—¿Qué es eso?

El osito intenta abrir un ojo. Debió de quedarse dormido, pues el sol del amanecer baña el bosque con una bonita luz rosada.

Un niño, acompañado de sus padres, se acerca a él.

—¡Papá, mamá! ¡Mirad lo que he encontrado! ¡Es un osito de peluche! Es precioso y muy suave —exclama el niño.

El osito nota cómo lo levantan del suelo y una mano rolliza le sacude con delicadeza la nieve del cuerpecito.

—¿Me lo puedo quedar? —pregunta el niño.

—Hum... —responde su padre—. No parece que sea de nadie, el pobre. Creo que sí, que te lo puedes quedar.

El niño ya se está imaginando todos los juegos y secretos que va a compartir con su osito, antes de abrazarlo con todas sus fuerzas.

—Voy a llamarte Hermano de los Pinos, si te parece bien. Vas a ser mi mejor amigo.

—¿Hermano de los Pinos? ¡Qué nombre tan bonito! —exclama su madre.

A Hermano de los Pinos no le cabe tanta felicidad en el pecho.

Qué suerte ha tenido de que lo haya encontrado y adoptado un niño tan bueno. Nunca más va a estar solo. Es un milagro navideño.

12 DE DICIEMBRE

El tronco de Navidad de Brioso

Por Navidad, Teresa ha ido a pasar unos días a casa de su abuela. En Nochebuena, las dos se ponen a cocinar.

—Mi querida Teresa, hoy voy a enseñarte una receta muy especial —anuncia la abuela con aire misterioso—. Ojo: es una receta secreta que me enseñó mi madre, a la que se la enseñó mi abuela. Es la receta del tronco de Navidad favorito de Brioso.

—¿Quién es Brioso? —pregunta la niña, sorprendida.

—¡Pero bueno! Es el reno jefe de Papá Noel. ¡Todo el mundo conoce a Brioso! —exclama la abuela.

La abuela saca todos los ingredientes: harina, mantequilla, azúcar, huevos, chocolate y, lo más importante, una zanahoria.

—A los renos les encantan las zanahorias —explica mientras se pone el delantal.

Mezclan los ingredientes y funden el chocolate. Luego, cuecen y caramelizan la zanahoria, que, a continuación, esconden dentro del tronco antes de meterlo en el horno. Un maravilloso aroma a azúcar tostado no tarda en invadir la cocina mientras Teresa lame de una cuchara la masa que ha quedado en los recipientes.

Galletas
Azúcar

—¡Ñam! ¡Qué rico! —disfruta Teresa.

Cuando el tronco de Navidad ya está listo y templado, la abuela y Teresa cortan una buena porción y la dejan en un plato junto a la chimenea.

—¿Crees que de verdad va a venir Brioso? —pregunta de repente Teresa, inquieta.

—Mañana lo sabrás —responde la abuela—. ¡Vamos! Ya es tarde. A la cama.

A Teresa le habría gustado quedarse despierta hasta más tarde, pero le pesan los párpados y se pone a bostezar. En la cama, piensa:

«Espero que a Brioso le guste el tronco de Navidad». Y se queda dormida profundamente.

A medianoche, mientras todos duermen, se cuela una sombra por la chimenea: ¡es Brioso! Ha visto su porción de tronco de Navidad.

—¡Qué rico! Me hacía falta reponer fuerzas —dice mientras come con glotonería la porción de bizcocho.

Brioso se ha manchado el hocico con crema pastelera, pero se tiene que marchar ya. Deja un montón de regalos debajo del árbol, acompañados de una nota:

Gracias, Teresa y abuela, por la riquísima porción
de tronco de Navidad. Me ha encantado.
Feliz Navidad y hasta el año que viene.

13 DE DICIEMBRE

La carta a Papá Noel

—Yo me he pedido una Tiny, la nueva muñeca que habla y hace pipí.

—Yo me he pedido una bicicleta nueva. Azul, como la que hay en el escaparate de la juguetería.

—Yo, un monopatín.

En el colegio del pueblecito de Villamontaña, todos los niños que han salido al patio ya le han escrito la carta a Papá Noel. Todos menos Álvaro, que, sentado en un banco, oye cómo cuentan a lo lejos los preciosos regalos que han pedido. Pero Álvaro no se decide.

Cuando llega a casa, sus padres lo notan preocupado.

—Tienes mala cara, Álvaro —le dice su madre.

—¿Qué te pasa? —le pregunta su padre.

—Que no sé qué regalo pedirle a Papá Noel, y faltan solo dos días para Navidad. ¿Y si a los elfos no les da tiempo a fabricarme el regalo?

—No te preocupes: Papá Noel siempre cuenta con regalos sorpresa reservados para los niños que no saben qué pedir.

Pero a Álvaro no le convence. Se va a la cama arrastrando los pies y, aunque se acaba quedando dormido, pasa muy mala noche.

A la mañana siguiente, de camino al colegio, se encuentra con un letrero gigante:

La carta a Papá Noel

QUERIDOS CIUDADANOS, GRANDES Y BENJAMINES,
NO OS OLVIDÉIS DE PONEROS LOS PATINES.
LA PRÓXIMA INAUGURACIÓN ES TODA UNA HAZAÑA:
UNA PISTA DE PATINAJE EN VILLAMONTAÑA.

Álvaro no se podía creer lo que estaba viendo: ¿una pista de patinaje en su pueblo? ¡Qué guay!

«Podré ir todos los domingos con papá y mamá, y también con Lucía, mi vecina, y puede que con todos mis compañeros de clase. Patinaremos y haremos figuras sobre el hielo», piensa.

Álvaro ya se imagina siendo un as del patinaje, cuando, de pronto, se acuerda de que no tiene patines.

—¡Ya lo tengo! Voy a pedirle a Papá Noel unos patines sobre hielo.

Por la tarde, nada más llegar a casa, Álvaro corre a su habitación a escribirle la carta a Papá Noel.

—Espero que no sea tarde —dice mientras echa la carta al buzón.

La mañana del 25 de diciembre, corre hasta el árbol de Navidad y allí encuentra unos preciosos patines plateados con cordones rojos. Los contempla maravillado:

—Está claro que Papá Noel es el mejor.

14 DE DICIEMBRE

El coro de elfos

Los elfos también celebran la Navidad.

Este año, todos los niños elfos han formado un coro y han estado ensayando villancicos para darle una sorpresa a Papá Noel. Todos menos Nico.

Aunque se sepa la letra de memoria, es muy tímido y no se ve capaz de participar en el concierto delante de todo el mundo.

En el momento en que le sale de la boca un solo sonido, se pone colorado, se le forma un nudo en la garganta y empieza a tartamudear y a cantar mal.

Así que se esconde. A veces, debajo de un montón de leña; en otras ocasiones, detrás de una cortina o bajo la cama de su habitación. Por

las noches, sueña que le salen serpientes por la boca mientras canta y que todo el mundo se ríe de él.

Lo que pasa es que, desde hace varios días, los ensayos cada vez son más frecuentes. Se acerca la Navidad y dentro de poco va a actuar el coro de elfos delante de Papá Noel. En la cabeza de Nico, bajo el gorro con cascabel, se ha desatado el pánico. Cuando la maestra habla del tema en clase, Nico se esconde detrás del pupitre.

Su compañera Violeta le pregunta:

—¿Qué te pasa?

—Na... nada.

—No me mientas. Sé de sobra que te pasa algo —insiste Violeta.

—Es que no quiero participar en el coro de Navidad —reconoce Nico en voz baja.

En el recreo, corre a esconderse en una esquina del patio. Nico, agazapado y con lágrimas en los ojos, se pone a canturrear una melodía navideña que acaba llamando la atención de Violeta, que ha ido a buscarlo.

—Pero, Nico, ¿por qué te escondes? ¡Si cantas fenomenal!

—¿Tú crees? —contesta el joven elfo.

—¡Pues claro que sí! Te lo prometo. Tienes que seguir en el coro. Nos haces falta.

Nico termina dejándose convencer por Violeta y, poco a poco, va recuperando la confianza en sí mismo. En Nochebuena, cuando Papá Noel ya se ha marchado a repartir los regalos, la maestra le dice a Nico:

—Eres el mejor cantante del coro. ¿Te gustaría cantar las estrofas del último villancico mientras los demás se unen en el estribillo?

—¿Yo solo? —pregunta Nico.

—Sí, tú solo. Seguro que eres capaz de hacerlo con esa voz tan bonita que tienes —lo anima la maestra.

A pesar de sus miedos, Nico acepta.

Al día siguiente, mientras remolonea más de lo habitual en la ducha, tiene el presentimiento de que está listo. Por la tarde, bajo la dirección de la maestra, los elfos se suben al escenario y cantan todos a coro, con Nico en la primera fila. Mamá Noel aplaude y Papá Noel le guiña un ojo a Nico. El concierto ha sido todo un éxito.

15 DE DICIEMBRE

Copito de Nieve

¡Por fin han llegado las vacaciones! En la calle, el paisaje está cubierto de una gruesa capa de nieve, pero Blanca, en su habitación, mira por la ventana y suspira: está aburrida.

—¿Y si invitas a tus amigos a jugar a casa? —le proponen sus padres.

—Qué buena idea —responde Blanca.

Su madre avisa a Teo, Emma, Lola, Elisa, Gabi y Emilia, y no tardan en llamar a la puerta. Blanca está tan contenta de ver a sus amigos que se pone a brincar por toda la casa.

—Antes de la merienda, salid a jugar afuera. Luego prepararemos galletas de Navidad.

Los niños se ponen el abrigo, la bufanda, el gorro y las botas de invierno. Tienen que abrigarse bien porque hace mucho frío.

Una vez en el jardín, recogen mucha nieve para hacer el muñeco más grande y bonito del barrio. Hacen el cuerpo, la cabeza y, con unas ramas, los brazos.

—También necesitamos dos botones para los ojos, tres para el abrigo y una zanahoria para la nariz —dice Gabi.

—Voy a por todo —responde Blanca.

Al cabo de una hora, han terminado el muñeco de nieve. Les ha quedado tan bien que los padres de Blanca le hacen una foto.

—Venga, a casa. ¿Quién quiere hacer galletas y beber un rico chocolate? —pregunta el padre.

—¡Yo, yo, yo!

Por la tarde, al anochecer, se marchan los amigos. Blanca mira por la ventana el muñeco de nieve iluminado por la luna. Se le ve tan solo y triste en el jardín que parece que está temblando.

«Tengo que salir a verlo», piensa Blanca.

Espera a que sea de noche y, cuando toda la familia está dormida, sale al jardín y se acerca al muñeco de nieve.

—Me llamo Blanca. ¿Y tú?

—Yo me llamo Copito —responde el muñeco de nieve.

Blanca, sorprendida de que haya respondido, continúa:

—¿Sabes hablar? ¿Tienes frío?

—Sí, sé hablar y tengo mucho frío, pero esta noche me encantaría poder contemplar la luna sin tiritar.

Blanca le presta el gorro, la bufanda y los guantes.

—¿Qué tal ahora, Copito? ¿Sigues teniendo frío?

—No, Blanca. Muchas gracias. Mi cuerpo de nieve ya no tiene frío: tengo el corazón calentito. Eres una buena amiga.

Los días siguientes, Blanca contempla el paisaje junto a Copito y le cuenta todos sus secretos. Hasta que una mañana, cuando la niña se despierta, brilla el sol en el cielo y la nieve se ha derretido. Blanca mira por la ventana: Copito también ha desaparecido, como si todo hubiese sido un sueño. Triste, corre al jardín, donde encuentra el gorro, la bufanda y los guantes, pero también un mensaje grabado en un árbol: un corazón con la inscripción «Blanca y Copito».

16 DE DICIEMBRE

Wapi y el mercado navideño

Wapi vive en un pueblecito inuit, Aupaluk, en el extenso territorio canadiense de Nunavik, donde hace mucho frío. En esta región, habitada por renos, hay gente que aún vive en iglús, y las auroras boreales son un espectáculo invernal.

Una mañana, Wapi y sus padres deciden ir a visitar el gran mercado navideño que se celebra todos los años en Aupaluk. Los vecinos montan sus puestos, en los que venden ropa de abrigo, comida, adornos y toda clase de regalos preciosos. A Wapi le brillan los ojos: ¡qué bonito! Hay un montón de cosas en las que fijarse.

—Si quieres —le propone su madre—, puedes comprar lo que más te guste. Pero elige bien, porque solo puedes comprar una cosa.

Wapi asiente y pasea junto a los puestos lleno de dudas: collares, figuritas hechas con colmillos de morsa...

—¡Me apetece esa naranja! —exclama de repente Wapi, frente a un precioso puesto de frutas y verduras, que son difíciles de encontrar en su región.

—¿Estás seguro? —pregunta su padre.

—Sí —responde Wapi.

Su madre saca una moneda de la cartera y compra la naranja, que Wapi se guarda en el bolsillo mientras les da las gracias a sus padres.

Sin embargo, un rato después, pasan junto al puesto más bonito de adornos navideños de todo el mercado. Tiene colgadas un montón de estrellas blancas y brillantes, que relucen a su alrededor. ¡Parece magia!

—Quiero una estrella para el árbol —pide Wapi.

—Ah, no. Te dijimos que eligieras solo una cosa, y has elegido la naranja —le recuerda su padre.

Wapi vuelve a casa decepcionado. Al ver el árbol de Navidad sin estrella, se pone triste y se arrepiente de haber escogido la naranja.

Van pasando los días y se acerca la Navidad. El 24 de diciembre, los abuelos de Wapi llaman a la puerta: tienen una sorpresa para él.

—Mira lo que he encontrado —dice su abuela, ofreciéndole un paquete—. Ábrelo.

Wapi desenvuelve el regalo: es una estrella, igual que la del mercado, preciosa y brillante. Wapi se lanza a los brazos de su abuela para darle las gracias.

—Papá, ayúdame a colocarla en el árbol.

Su padre sonríe y levanta a Wapi del suelo para que coloque la preciosa estrella.

¡Qué árbol tan bonito! ¡Y qué Navidad tan feliz!

17 DE DICIEMBRE

Dos calcetines navideños

Desde que nació su hermanita María, nada es igual para Sergio. Sus padres están siempre cansados y muy ocupados. Casi no tienen tiempo para Sergio, que se siente solo y un poco abandonado. Una tarde, al salir del colegio, cogido de la mano de su madre, se fija en las guirnaldas de los árboles, la decoración de los escaparates de las tiendas y el enorme árbol de Navidad que domina la plaza principal: ¡ya es Navidad!

—No me gusta la Navidad —espeta de repente el niño.

—¿Por qué dices eso, Sergio? —le pregunta su madre, sorprendida.

—No me gusta. Por culpa de María, este año ni siquiera tenemos árbol. Normalmente, sacamos los adornos del trastero, elegimos el árbol más grande y preparamos dulces. Pero este año no es lo mismo. ¡No hemos hecho nada! Y todo por culpa de esa enana que se pasa el día llorando, comiendo y haciendo pis —refunfuña Sergio.

—No deberías estar celoso —le regaña su madre—. Es genial tener una hermana pequeña. Dentro de poco podrás divertirte y jugar con ella.

Sin embargo, en el fondo, su madre sabe que Sergio no está del todo equivocado. Pero hay una solución.

Al día siguiente, cuando Sergio sale del colegio, cogido de la mano de su madre, intenta no fijarse en las guirnaldas, la decoración ni el árbol de Navidad de las calles.

Entra en casa con la cabeza gacha, cuando, de repente, le llega un riquísimo aroma a canela y especias.

—¿Está listo mi campeón para montar el árbol? —pregunta su padre, guiñándole un ojo a la madre.

En el salón, junto a la chimenea, Sergio se fija en que hay un enorme árbol a la espera de que lo decoren. En la mesa hay una bandeja llena de galletas y bizcocho de jengibre, junto a tres tazas de chocolate bien calentito. Sus padres lo han preparado todo para celebrar la Navidad. Los tres juntos decoran la casa y disfrutan de los ricos dulces que ha hecho el padre, hasta que, de repente...

—¡Uaaa! ¡Uaaa! ¡Uaaa! —llora María, que acaba de despertarse de la siesta.

Su madre va a buscarla, y María alarga los brazos hacia Sergio.

—Creo que quiere darle un abrazo a su hermano mayor —dice su padre entre risas.

—Vale, pero espera un par de minutos, María —dice Sergio, con una voz seria y grave—. Primero tengo que hacer una cosa.

Sergio cuelga de la chimenea un calcetín navideño para él y otro para su hermanita. Luego coge en brazos a María y le susurra al oído:

—Creo que tú y yo vamos a formar una estupenda pareja de hermanos.

18 DE DICIEMBRE

Pánico en el taller

Desde esta mañana, reina la preocupación en el taller de Papá Noel. Gustavo, el jefe de los elfos, ha querido volver a poner en marcha la máquina de envolver regalos, pero ha tenido que rendirse a la evidencia: no quiere arrancar. Por mucho tornillo que apriete y por mucho aceite que eche, no hay nada que hacer: la máquina se ha estropeado.

Papá Noel, al enterarse, se rasca la cabeza.

—¿Cómo vamos a envolver los regalos? —pregunta.

Todos los elfos lo miran con tristeza, pero Gustavo es el que está más desolado.

—¡Es una tragedia, Papá Noel! Sin papel de regalo, no hay regalos, y sin regalos, no hay Navidad.

—A ver, vamos a pensar. Creo que la única solución es envolverlo todo a mano.

Gustavo se lleva las manos a la cabeza.

—Pero faltan solo cinco días para Navidad. No nos va a dar tiempo.

—Es imposible envolver los regalos de todo el mundo en cinco días —añade Luis, otro elfo.

—¡Tengo una idea! —exclama Papá Noel—. ¿Y si les pedimos ayuda a los animales del bosque? Todos juntos llegaremos a tiempo.

Los elfos recuperan la esperanza y Gustavo toca la corneta. En cuestión de minutos, la ardilla Toñi, el conejo Tejo, el lobo Bobo, el oso polar Polo, el erizo Pico, la marmota Dormilona, el búho Cucú y muchos amigos más acuden a casa de Papá Noel, que se encarga de repartir las tareas entre los elfos y los animales.

Los responsables del papel reúnen enormes rollos con preciosos dibujos de colores. Los especialistas en lazos traen todo lo que encuentran, y hasta Mamá Noel llega con bonitos trozos de tela con los que decorar los regalos.

A lo largo de cinco días y cinco noches, el matrimonio Noel, los elfos y los animales del bosque se van turnando para que todos los regalos estén listos a tiempo. El 24 de diciembre, el taller está lleno de paquetes. Están por todas partes: en las estanterías, en el suelo y hasta en el establo de los renos, donde Brioso y Cometa se lo están pasando en grande jugando con una pelota.

—¡Eh, renos! Dadme esa pelota: es el último regalo que nos queda por envolver —les reprende con cariño Gustavo, aliviado porque al final todo esté listo a tiempo.

Con la ayuda de los elfos y los animales, Papá Noel carga el trineo hasta arriba antes de decirles:

—¡Gracias a todos! Hemos llegado a tiempo gracias a vuestra ayuda y voluntad. Juntos somos más fuertes. Enhorabuena y ¡feliz Navidad!

19 DE DICIEMBRE

Juegos de nieve

En la calle está todo blanco. No ha dejado de nevar en toda la noche y, cuando Jaime se despierta, mira por la ventana de su habitación y dice:

—¡No! No me gusta la nieve: escuece y moja. ¡Brrr! Me voy a quedar en la cama.

Pero su madre llama a la puerta.

—¡Venga, arriba, Jaime! Vístete y sal a tomar el aire.

Jaime esconde la cabeza debajo de la almohada, pero al final decide levantarse.

Se pone la ropa sobre el pijama.

—En fin, de todas formas, no voy a estar mucho rato fuera.

Jaime sale a la calle y se sienta en un banco. A su alrededor, todos los demás niños del barrio ríen y se divierten. Mila y Gabriel hacen un muñeco de nieve. Lucas y sus amigos montan en trineo. Laura, Carlos, Eric e Iris juegan al escondite.

De repente, Lucas ve a Jaime y se acerca a él.

—Hola, Jaime. ¿Quieres venir a montar en trineo con nosotros?

—No, gracias —responde Jaime con un tono gruñón.

Pero los demás niños no tardan en rodear a Jaime e insistir.

—¡Venga, Jaime! ¡Vamos! ¡No seas cabezota! —bromea Laura.

—No, gracias. No me gusta la nieve: escuece, moja, quema, resbala... Estoy perfecto aquí. Además, ya me vuelvo a casa.

Jaime se despide y se vuelve a casa. Desde la calle, los demás niños se miran, decepcionados.

—Jaime no sabe lo que se pierde —dice Lucas—. ¿Qué os parece si lo ayudamos a pasárselo bien con nosotros?

Al día siguiente, sigue nevando. Cuando Jaime mira por la ventana, vuelve a refunfuñar:

—¡Que se acabe ya el invierno!

De repente, oye cómo llaman a la puerta de casa. Segundos después, su madre lo llama:

—¡Jaime! Han venido a buscarte.

Jaime avanza hasta la entrada de casa y allí ve a Lucas, Laura, Carlos, Eric y todos los demás.

—Como no te gusta la nieve, se nos ha ocurrido una idea. Toma mis guantes —le ofrece Lucas.

—Y mi gorro —dice Laura.

—Yo te presto las botas de mi hermano —añade Eric.

—Y yo, un abrigo bien gordito —dice Gabriel.

Todos le han traído algo a Jaime para que pueda jugar con ellos sin que la nieve le escueza, le queme, le moje ni le resbale. Jaime esboza una sonrisa.

—Perdón por lo de ayer. No tendría que haber sido tan borde. Gracias a todos. Vosotros sí que sois buenos amigos. A ver, ¿quién se apunta a una pelea de bolas de nieve?

20 DE DICIEMBRE

El falso Papá Noel

Leo va caminando por la nieve, encorvado, pensando en sus cosas. Está a punto de llegar la Navidad, pero este año, como todos los demás, va a pasarla solo. Y se pone triste al pensarlo, porque le encanta la Navidad. De repente, se topa con un cartel pegado a una farola.

INVITACIÓN

Invitamos a Papá Noel a participar en la cabalgata.
Desfilará en una carroza, hablará con los niños y repartirá regalos.
Papá Noel, contéstanos antes del 24 de diciembre,
llamando al 698 05...

«Hum, interesante —piensa Leo—. Se me ha ocurrido una idea. ¿Y si me hago pasar por Papá Noel? Así no estaré solo en Nochebuena».

Cuando vuelve a su casa, llama por teléfono al número que se indicaba en la invitación.

—¡Ho, ho, ho! —imita poniendo la voz grave—. Hola, soy Papá Noel. Gracias por vuestra amable invitación. Contad conmigo. ¡Ho, ho, ho!

Entonces se pone manos a la obra: confecciona el disfraz rojo, se hace una larga barba blanca y se pone un cojín en la tripa para parecer más gordo.

El 24 de diciembre, desfila orgulloso en la carroza de la cabalgata, tirada por niños disfrazados de elfos y ponis disfrazados de renos.

Luego llega la sesión de fotos. Llevan a Leo, el falso Papá Noel, a un enorme sillón junto al que esperan los niños. Pero el falso Papá Noel no es muy profesional, que digamos. Cuando Laura se le sienta en el regazo, por poco no la tira al suelo. Cuando Tito le pregunta por qué las ballenas no tienen alas, no sabe qué responder. Y lo peor de todo es cuando los gemelos Raúl y Sara le tiran de la barba y descubren que su barriga es en realidad un cojín. ¡Menuda tragedia!

—¡No es el verdadero Papá Noel! ¡Es de mentira! —gritan los niños.

¡Ho, ho, ho! Parece que Leo les ha aguado la fiesta. Está a punto de echar a correr cuando, de repente, el auténtico Papá Noel aterriza con su trineo justo delante de Leo.

—Oye, ¿adónde crees que vas? —pregunta.

Leo se muere de la vergüenza.

—Lo siento, Papá Noel. Tenía tantas ganas de celebrar la Navidad y de no pasar solo la Nochebuena que se me ocurrió esta idea; una idea malísima.

A Papá Noel le da mucha pena. Conoce bien a Leo y lo lleva observando desde que era niño. Sabe que le encanta la Navidad, pero también que suele estar solo.

—¿Te gustaría ser mi representante oficial? A fin de cuentas, no puedo estar a la vez en todas partes, y se me ha ocurrido que a veces podrías sustituirme.

Leo no se puede creer lo que está oyendo.

—¿Yo? ¿Tu representante oficial? ¡Claro que sí! ¡Gracias, Papá Noel!

—Pero tengo que darte algunas clases, porque aún estás lejos de parecerte a mí. Anda, ven conmigo. Primera clase: acompañar a Papá Noel a repartir los regalos. ¿Estás listo?

—Siempre estoy listo para celebrar la Navidad. ¡Ho, ho, ho! —responde Leo entre risas.

21 DE DICIEMBRE

A salvo del hielo

El oso polar Yuko decide salir a pasear. Al salir de su guarida, les dice a sus hijos y a mamá osa:

—Hijos, cariño, quedaos en casa. Voy a salir y, con un poco de suerte, encontraré algo que llevarnos a la boca.

—Que caces bien y hasta dentro de un rato, papá oso. No te alejes mucho, que no va a tardar en hacerse de noche —responde mamá osa.

Por culpa del deshielo, Yuko tiene que pasar más tiempo en tierra, donde hay menos alimento. A solas, avanza por las grandes llanuras heladas en busca de comida que llevarle a mamá osa: con unos huevos o un esqueleto de ballena varada le servirá. Lo necesita para alimentar

a los dos oseznos nacidos en otoño: Paco y Nita. A lo lejos, Yuko ve el mar helado, que dibuja sus líneas azules en el horizonte. Apenas se encuentra a unos metros cuando oye pasos tras él.

—¡Papá, papá! ¡Espérame!

Es Paco, que lo ha seguido.

—¿Qué haces tú aquí? —le pregunta papá oso—. Tenías que quedarte con Nita y mamá osa.

—Yo también quiero ir a cazar como tú —insiste Paco.

De repente, ¡CRAC! El trozo de hielo en el que el osezno acaba de posar las cuatro patas se desprende y se aleja a la deriva. Yuko, paralizado, observa desesperadamente cómo se distancia de la costa a toda velocidad. Sabe nadar muy bien, pero las corrientes son muy fuertes y no dejan de arrastrarlo hacia la tierra.

—¡Pacoooo! —grita mientras se oscurece el cielo, iluminado por la luna y las estrellas.

A lo lejos, muy lejos, se distingue la sombra de Paco en la oscuridad, sin que Yuko pueda hacer nada.

De repente, suena el tintineo de unos cascabeles en la noche, y un trineo tirado por renos aterriza junto al oso.

—¡Ho, ho, ho! Yuko, soy Papá Noel, y creo que necesitas mi ayuda. ¿Me equivoco?

—A mi hijo Paco se lo ha llevado un fragmento de hielo que se ha desprendido y que se ha alejado a la deriva. Papá Noel, ¡sálvalo!

De inmediato, el hombre de rojo se vuelve a subir al trineo y echa a volar. Instantes después, reaparece con Paco a su lado.

—Solo tenías que pedírmelo, papá oso. Deseo concedido.

Yuko y Paco han pasado mucho miedo, pero están felices de volver a estar juntos.

—No sé cómo darte las gracias, Papá Noel. Acabas de traerme el mejor regalo del mundo: una familia sana y salva, unida para siempre.

22 DE DICIEMBRE

Un invitado sorpresa

Es Nochebuena. Ya es de noche y miles de estrellas brillan en el cielo. Gonzalo acaba de ponerse su camisa favorita y de peinarse el remolino que se le suele formar en el pelo. Sentado en el alféizar de la ventana, termina de escribir en su cuaderno secreto:

Querido diario:

Hoy es Nochebuena. Dentro de poco va a llegar toda la familia y vamos a celebrarlo. Mañana te contaré qué juguetes me ha traído Papá Noel, pero lo que más ilusión me haría este año sería conocerlo.

¡Ding, dong! Llaman a la puerta. Gonzalo no tarda en reconocer una voz aguda que le resulta familiar: la de su tía Míriam, a la que quiere mucho. Cierra el diario, apaga la luz de la habitación y sale cerrando la puerta. Detrás de él, al otro lado de la ventana, acaba de pasar una enorme estrella fugaz.

En la entrada, los padres de Gonzalo reciben a los invitados, que llegan todos a la vez: la tía Míriam y el tío Nicolás, los abuelos por parte de padre y de madre, Luisa, Mario, Enrique, Toni, María, sus primos y primas... Son, como poco, una veintena, y todos han traído un detalle: bombones, mazapanes, mandarinas, bizcocho con nata montada, frutas confitadas, bastones de caramelo... Gonzalo está muy feliz de volver a verlos a todos.

Orgulloso, es él quien los invita a pasar al salón y a sentarse delante del precioso árbol de Navidad, que tiene las luces encendidas. Gonzalo le echa un vistazo al árbol; tiene muchas ganas de ver todos los regalos amontonados a sus pies.

De repente, una vez que la familia está al completo y dispuesta a sentarse en la mesa, Gonzalo oye que llaman a la puerta.

—¡Silencio! Escuchad —dice.

¡Toc, toc, toc! Gonzalo se dirige a la entrada.

—¿Quién es? —pregunta.

—¡Ho, ho, ho! Adivina —responde una voz temblorosa.

Gonzalo abre la puerta y pasa por delante de él la sombra inmensa de un señor mayor vestido de rojo.

—Papá Noel, ¿eres tú? —pregunta Gonzalo, lanzándose a sus brazos.

—Pues claro, hijo. ¿Qué pensabas? No iba a perderme la Navidad —responde Papá Noel guiñándole un ojo.

Si hay algo que Papá Noel sabe hacer de maravilla, es hacer realidad los sueños de los niños.

23 DE DICIEMBRE

En casa de Papá Dormilón

Hoy, en su choza situada en pleno desierto, rodeado de un rebaño de ovejas, Papá Dormilón espera una visita algo especial: la de su mejor amigo, Papá Noel. Se conocen desde que eran niños y nunca han dejado de verse. Aunque vivan muy lejos el uno del otro, se ven al menos una vez al año.

Junto a la puerta, Papá Dormilón mira primero el reloj y luego el cielo.

—¡Ah, siempre tarde, Papá Noel!

De repente, al fin ve a su amigo atravesar las nubes montado en un trineo tirado por dos renos. Papá Noel aterriza delante de la cabaña.

—¡Dormilón! ¡Cuánto me alegro de verte! —le dice mientras le da un abrazo.

—¡Y yo a ti! ¿Cómo estás? ¿Qué tal anda Mamá Noel?

—Bien, bien.

Los dos se sientan en la terraza de Papá Dormilón, que ha preparado galletas y limonada para Papá Noel.

—Ah, por fin algo que no es chocolate a la taza con bizcocho de canela —suspira Papá Noel mientras disfruta de la merienda.

Los dos amigos se pasan horas hablando, pero hace mucho calor en el país de su amigo, así que Papá Noel, que no está acostumbrado a semejantes temperaturas, se seca la frente y dice:

—Tengo que irme. Me están esperando los elfos para cargar el trineo de regalos. Ya es casi Navidad y me queda poco para salir de reparto.

Una de las ovejas del rebaño se acerca a Papá Dormilón y le posa una pezuña sobre el brazo, como si quisiera decirle algo. El animal lleva un número dibujado en el lomo.

—Tienes razón, Diecinueve. Papá Noel iba a olvidarse de su mercancía —recuerda Papá Dormilón—. Vamos a buscarla.

Papá Noel ha venido a buscar sacos de arena mágica a casa de su amigo. ¿Sabes por qué? Porque Papá Dormilón es el responsable de echar arena mágica en los ojos de los niños para que se queden dormidos por las noches. Es él quien le facilita a Papá Noel sacos llenos de esta arena, por si los niños no están dormidos cuando se pasa a dejarles los regalos. El hombre de rojo llena los trineos de sacos de arena antes de despedirse de su amigo.

—Ven a verme en enero con Mamá Noel —dice Papá Dormilón—. Os va a venir bien descansar unos días al sol.

—¡Hecho! —responde Papá Noel mientras abraza a su amigo—. ¡Y feliz Navidad!

Papá Noel se sube al trineo y echa a volar. Ha dejado un regalo delante de la puerta de Papá Dormilón: una nueva pala de oro con la que recoger la arena.

Así que, si alguna vez te preguntas por qué siempre te duermes como un tronco la noche en que Papá Noel se pasa a dejarte los regalos, ya sabes por qué es.

24 DE DICIEMBRE

De camino a repartir los regalos

Desde hace varias semanas, hay mucho ajetreo en el Polo Norte. Los elfos empezaron recibiendo y leyendo todas las cartas que les habían enviado los niños. Luego fabricaron muchos juguetes: bicicletas, balones, muñecas, coches de radiocontrol, peluches, libros, puzles, balancines con forma de caballo… Los envolvieron en papel de regalo con cintas doradas y los metieron en el trineo.

Mientras tanto, Papá Noel también se preparaba.

Con los renos y Mamá Noel, ha estado haciendo deporte para estar en forma, y ha dormido y comido bien. También se ha arreglado la ropa, que ya no le entraba, y ha repasado geografía para no perderse.

Además, han limpiado y revisado el trineo. No se han olvidado de nada y, esta noche, por fin está todo listo.

—Gracias por vuestra ayuda, elfos. Hasta dentro de un ratito, Mamá Noel. Vamos, Brioso, Cometa, Saltarín y todos los demás renos: ¡adelante! —dice.

A su señal, el precioso trineo de madera echa a volar y surca el cielo oscuro y lleno de estrellas.

Papá Noel saluda a la Osa Mayor. Luego, pasa por delante de la luna y le hace un gesto.

—Buenas noches, señora. ¿Cómo está?

—Bien, gracias, querido Papá Noel. Ya iba a acostarme. Buen viaje y... buen reparto.

De camino a repartir los regalos

Papá Noel le regala un precioso gorro de dormir antes de continuar el largo viaje. Recorre kilómetros y kilómetros, sobrevuela los mares y los océanos, y visita numerosos países.

¿Y luego? Aguza el oído y presta atención. ¿Oyes los cascabeles? Eso es que Papá Noel está llegando a tu hogar. Si te has esforzado por portarte bien este año, seguramente te deje los regalos que has pedido a los pies del árbol de Navidad y te meta algunas chucherías en las zapatillas. Si no quieres que llegue tarde a las demás casas, ponte el pijama, lávate las manos, cepíllate los dientes, cierra los ojos y ten dulces sueños hasta mañana por la mañana.

¡Sorpresa! Entonces podrás descubrir lo que te ha traído y pasarte el día entero jugando con todos esos juguetes que habías soñado.

¡Feliz Navidad!